KB116582

삶, 우리가 만들어가는 이야기

삶, 우리가 만들어가는 이야기

—

초판 1쇄 2019년 4월 2일
지은이 용혜원
펴낸이 김영재
펴낸곳 책만드는집

—

주소 서울 마포구 양화로3길99 4층 (04022)
전화 3142-1585·6
팩스 336-8908
전자우편 chaekjip@naver.com
출판등록 1994년 1월 13일 제10-927호

—

—

ISBN 978-89-7944-681-4 (03810)

제 87 시집

용혜원

신작 시집

삶, 우리가 만들어가는 이야기

책만드는집

| 서시 |

외로움

나는 늘 외로웠다

홀로 있을 때에도
외롭고
사람들 속에 있을 때에는
더 외로웠다

언제나
너무나 외로워
시를 썼다

| 차례 |

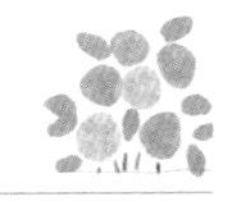

1부

봄꽃처럼

2부
내 사랑만은

3부

삶이란

4부

어둠 속에서

봄꽃이 찬란하게 피어나면

얼마나 좋으냐

내 사랑도 피어나면

얼마나 좋으냐

1부

봄꽃처럼

봄

봄날에 따뜻한
햇살 비치면 생명이 살아난다

오지 산비탈 그늘에
잔뜩 웅크리고 남아 있던
겨울까지 줄행랑치듯
사라지고 나면
온 세상이 봄이다

꽃 잔치 열린다
초록의 잔치가 열린다

봄날

들판에서 아이들이
봄 햇살을 맞으며
즐겁게 뛰놀고 있다

꿈이 가득한 아이들
상상력이 풍부한 아이들은
표정이 밝고 아름답다

아이들이 즐거운 세상이
살맛 나고
아름답고 행복한 세상이다

봄비

지난겨울 남루해진 마음도
봄비에 씻겨 내려간다

봄을 재촉하는
비가 내릴 때마다
꽃은 신령스럽게 피어난다

봄비는 생명의 비
온 세상을 살리는 비
봄비는 온 세상을 적시며
강으로 흘러간다

봄비 내리고 나면
바람은 더 싱그럽게 불어온다

봄비 내릴 때마다
봄을 알리는 초록 잎들이
가지가지마다 힘차게 돋아난다

봄꽃

따뜻한 봄 햇살에
간지럼을 탄 나뭇가지들이
얼마나 예쁨을 보이고 싶으면
찬란한 황홀함으로 꽃 피워내는가

온 입에 웃음이 가득하게
온 세상이 밝아지도록
활짝 신바람 나게 피워내는가

일생에 단 한 번
꽃 피울 수 있다 하여도
얼마나 즐겁고 행복한 일인가

봄꽃처럼 찬란한 햇살이 가득하게
단 한 번 화려하게 피었다가 지더라도
마음껏 피어날 수 있다면
얼마나 아름다운 삶인가

봄꽃이여!
아름답게 찬란하게 황홀하게 피어나라!

봄꽃이 피면

서슬이 새파래
온도를 차갑게 내리던
한겨울 맹추위도 달아나면
산골에서 시냇물이 흘러내린다

눈보라 휘몰아치던
세상에 꽁꽁 얼어붙던
매서운 겨울도 떠나가면
온 세상에 봄꽃이 피어난다

봄꽃이 아름답게 피어나면
얼마나 좋으냐
마음이 자꾸만 행복해지는데
얼마나 좋으냐

봄 들판에 초록이 돋아나면
얼마나 좋으냐
가슴이 자꾸만 따뜻해지는데
얼마나 좋으냐

봄꽃이 찬란하게 피어나면
얼마나 좋으냐
내 사랑도 피어나면
얼마나 좋으냐

하얀 목련

죄 많은 세상에
하얀 목련으로 피어나
어찌 감당하려는가

한 시절 피고 져도
추하게 더럽혀질 텐데
어찌 감당하려는가

봄날 꽃으로 피어난 너를
탐내는 시선을 어이하랴
시기하는 시선을 어이하랴

한 많은 세상에
하얀 목련으로 피어나
어찌 감당하려는가

꽃잎이 지고 나면
정조를 유린하듯 처참하도록
무수한 발길이

짓밟고 지나갈 텐데

그 고통을 어찌 감당하겠는가
그 아픔을 어찌 감당하겠는가

춘곤증

봄꽃이 피어나
어디론가 떠나고 싶다

들판에 초록이 돋아나
마음이 자꾸만 설렌다

쏟아지는 햇살에 피곤이 몰려와
조금씩 몸이 지쳐가는데
온몸이 나른해지고
잠이 자꾸 와
떠날 수가 없다

잠들어 버리고 말았다

봄날 목련

봄날 목련이 맑고 하얗게
몸짓 하나로 피어나
봄바람에 떨고 있다

싱싱한 봄꽃 울림도
너무 막막하게 끝난다

뼛골 속에 눈물 나도록
나무나 슬프고 잔인하게
하얀 목련 꽃잎이
비참하게 떨어지고 있다

민들레

햇살 가득한 봄날에
봄소식을 전하려고
흙 속에서 뛰쳐나온 민들레를 보면
기분이 참 좋다

노란 동그라미 속에
웃음 가득하게 피어나는
민들레는 온 세상에 웃음을 선물해준다

맑고 푸른 하늘 아래서
찬란한 봄날 곳곳에서 피어나는
민들레를 만나면
왠지 모르게 자꾸만 신난다

아주 친한 친구처럼
정겹게 다가오는 노란 민들레는
바라보면 볼수록
웃음이 절로 나고 신바람이 난다

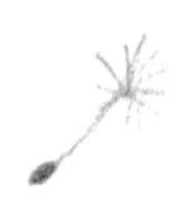

아오모리의 봄

눈이 가득한 긴 겨울이 지나면
아오모리에 봄기운이 차올라
벚꽃이 찬란하게 피어난다

아오모리의 봄에는
벚꽃이 두 꽃에서 피어난다

산꼭대기에서는 눈꽃이 피고
마을에서는 벚꽃이 피어난다

봄을 만나고 싶고
봄과 이야기하며
봄 길을 걷고 싶다면
아오모리로 가면
만나고 걸을 수 있다

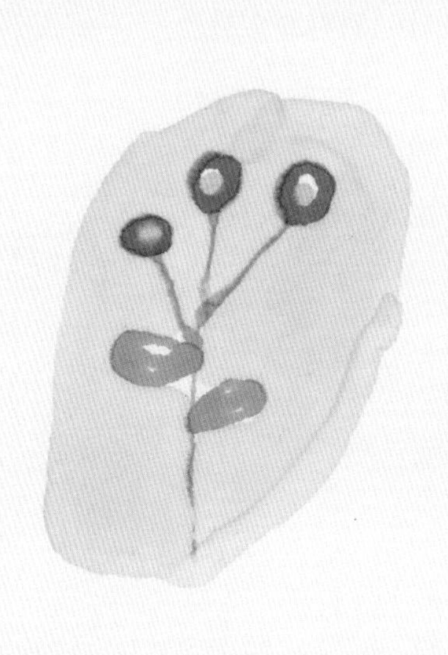

여름

한여름 열기가
이마에 송송 땀을 내어
더위로 점점 더 지쳐가고 있다

아무리 열을 내도
결국에는 차갑게 식는 법

입추가 되고
찬 바람이 불면
보내지 않아도
훌쩍 떠난다

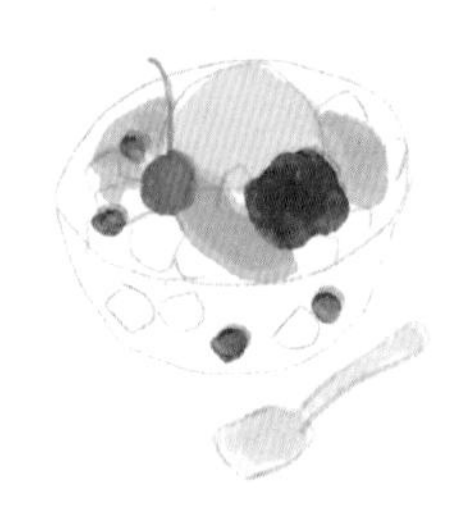

여름날

태양의 열기 속에서
열매가 익고, 대지가 익고
태양마저 붉게 영글었다

한 조각 쉼터라도
찾고 싶어 하는 모든 것들이
행동을 개시했다

몸에 착착 달라붙는
무더위를 잠시라도
피하고 싶은 마음들이다

태양의 열기에
모든 것이 익어가고
피곤도 익어 녹초가 될 지경이다

미칠 것 같은 더위일지라도
한차례 지나가던 먹구름이
소낙비라도 내려준다면
여름은 여름 나름대로 좋다

7월

나는 7월을 사랑합니다

온 세상이
초록빛으로 변하고
태양의 열기가 가득해
열매가 익어가기 때문입니다

온 세상이 생기가 도는
초록빛 나무들로 인하여
희망이 가득해지고
때마다 내리는 비에
온 세상이 씩씩하게 자랍니다

7월은 초록빛 세상입니다
가는 곳마다 활기 넘칩니다

초록빛 계절 7월에는
온 세상에 희망이 가득합니다

가을밤

사방이 어두워지는데
모든 것이 다 떠난 듯
왜 이렇게 쓸쓸하고 허전할까
왜 이리도 고독하고 외로울까

밤하늘 달도 차가운 얼굴로
나를 바라보고 있는데
달빛에 드러난 나무들도
쓸쓸하게 보이긴 마찬가지다

왠지 모르게 눈물 나는 가을밤
귀뚜라미는 자꾸만 우는데
왜 이리도 고독할까
너무 외롭고 미치도록 외롭다

가을 시

귀뚜라미가
시 한 편 읊고
조용해지면

하얀 달이
밤하늘에
시 한 편으로
떠 있다

가을 길

들꽃이 보고 싶고
그리워서
한없이 걸었다

들꽃이 좋아서
향기가 그리워서
말없이 걸었다

낙엽 1

이쯤에서 헤어지자
찬 바람 불면
힘없이 날아가 버릴 텐데
무슨 미련에 머물 것인가
가볍게 인사를 나누고 헤어지자

떠나고 헤어지고
흘러가는 세월이 아쉬워도
봄이 다시 찾아와 꽃은 피어나고
가을도 다시 찾아와
단풍 들 텐데
우리 여기서 헤어지자

이쯤에서 헤어지자
초라한 몰골 보이기 전에
아쉬움이 남기 전에
지금 헤어지자

낙엽 2

늘 가을비 내려
쓸쓸해지는 날
고독해서 서러워진 입술로
외로움을 노래할까

터져 나온 고독에
단풍 들었던 나뭇잎들이
다 떨어졌다

떠나는 것이다
다시 돌아올 날을 위하여
나뭇잎들이
가을에 퇴장하는 것이다

단풍 드는 가을

단풍 든 잎은 말라
낙엽이 되어 떨어지는데
고독이 몰려와 깊어진다

곧 겨울이 다가와
아우성으로 눈보라 치며
추위가 몰려올 텐데
무슨 미련으로 떠나지 않고
남아 있겠는가

10월

10월
가을에 시를 쓰면
시 속에 단풍이 든다

가을 속에서
시를 쓰면
시가 가을이 된다

10월 가을이 오면
시가 쓰고 싶어
누구나 시인이 된다

가을 저녁

귀뚜라미가
서글프게 울어댄다

어디에
어느 곳에
숨어 있던 고독이
찾아온 것일까

겨울나무

한겨울 살을 에는
싸늘하고 찬 바람을
앙상한 뼈마디 같은
나뭇가지가 견딜까

폭설로 한꺼번에 쏟아지는
눈보라를 옷 다 벗은
몸으로 어찌 견딜까

온갖 추위도 삭이고
나무는 꿋꿋하게
견디고 이겨낸다

꽃 피는 찬란한 봄이
얼마나 아름다운지 알고
기다리며 견디고 있다

니가타 1

눈의 세상이다
어디를 가도 눈이다
산과 들 온 천지가 눈의 나라 설국이다

해변에는 거센 파도가 소리치며
계속해서 몰려오지만
만나는 마을들은 조용하다

내 삶 속에서
이토록 아름다운 설경은
처음으로 맞이한다

니가타를 여행하며
삶 속에 가장 아름다운 순간을
또 한 번 만들고 있다

아름다운 풍경을 보며
삶에 쉼표를 찍을 수 있는 니가타는
오래도록 추억으로 남을 것이다

곳곳에 온천이 있고 아기자기해
마음 편하고 여유롭게
여행할 수 있는 곳이다

눈의 나라 설국이 보고 싶다면
니가타로 여행을 떠나라

아름다운 눈들이 당신에게
찬사를 보내며 반겨줄 것이다

니가타 2

니카타에 겨울에 왜
여행을 왔는가

눈을 보러 왔다
눈을 만나러 왔다

폭설

한바탕 요란하게
폭설이 쏟아졌다

모든 것들이
눈의 덫에 걸려
꼼짝 못 하고
깡그리 갇히고 말았다

눈이 덮인 세상은
쏟아진 눈에 하얀 풍경이
돋보이게 살아났다

눈 속에 갇혔는데
행복한 이유는 무엇일까

하얀 눈이 바라볼수록
행복한 마음을 선물해준다

설국의 집필실 다카한 료칸

눈이 펑펑 내려
한겨울 설경이 절정에 달하는 날이다

가와바타 야스나리가 소설
「설국」을 집필한 곳 다카한 료칸에서
발길을 멈추고 머무른다

노벨문학상을 받은 「설국」을
집필한 방과 전시실을 둘러보니
감회가 새롭게 다가온다

설경이 아름다운 니가타의 한 마을에서
가와바타 야스나리는 설경에 감동했고
그곳에서 살아가는 사람들의 이야기를 써갔다

설국의 무대인 이 마을은 수채화 같은
산으로 빙 둘려 있고
겨울에는 설기라고 말할 수 있는 정도로
눈이 많이 내려 설경이 탄복할 정도로 아름답다

엄동설한 눈 내리는 밤
「설국」은 만들어졌고
수많은 사람들에게 읽혔다

밤길을 걷다가도

마음이 안심이 되고

밤길을 걷다가도

문득 그리움이 찾아온다

2부

내 사랑만은

당신

당신은
내가 바라볼 수 있는
사람이라 행복합니다

당신은
내가 부를 수 있는
이름이라 행복합니다

당신은
나와 함께 동행할 수 있는
사람이라 행복합니다

당신 덕분에

당신 덕분에
하루의 시작이 행복합니다

당신 얼굴의 미소를 생각하면
내 마음이 한결 따뜻해집니다

당신 덕분에
오늘은 아주 좋은 일이 있을 것입니다

오늘 만나는 사람들에게
당신 이야기를 할 것입니다

이 세상에 내가 정말 사랑하고
정말 좋아하는 사람이 있다고
그 사람이 바로
당신이라고 나는 말할 것입니다

내 사랑만은

내가 만든 것
내가 이룬 것
별것도 없지만
결국 세월이 휩쓸어 가고 말았다

남은 것은
남아 있는 것은
얼굴의 주름과 나이뿐
모든 것은 사라지고 떠났다

가까운 이들도
멀었던 사람들도
모두 다 점점 더 멀리 사라진다

늘 같이하던 것들도
늘 함께하던 것들도
하나 둘 모두 다 떠나가 버린다

오직 내 사랑만은
아직도 내 곁에 있다

우리가 정말 사랑했을까

우리가 정말 사랑했을까
이렇게 빨리 헤어졌는데
서로 소식 한번 없는데
우리가 정말 사랑했을까

수없이 사랑한다고
말하던 고백은
허공에 메아리치고
그토록 보고 싶다던 말은
너무 쉽게 사라지고 말았다

우리가 정말 사랑했을까
하루가 멀다고 만나고
만나면 그렇게 좋다고
표현하던 모든 말들은
하나같은 거짓이었나

우리가 만난 것은
사랑이 아니었나 보다
우리가 정말 사랑했을까

그리움 1

너의 목소리
귓가에
들릴까 말까

너의 얼굴
내 눈에
보일락 말락

너의 모습
내 앞에
있는 듯 없는 듯

그리움 2

내 눈망울 속에는
그려지는데
눈앞에서는 보이지 않는다

내 가슴속에는
그대가 느껴지는데
손에 잡히지 않는다

내 귓가에는
그대 목소리가 맴도는데
정작 들리지 않는다

그리움을 어찌 막을까

누가 알까
가슴속에서 마구 피어나는
그리움을 누가 알까

등 넘어 눈앞에 다가오는
그리움을 어찌 막을까

죽고 싶도록 그리워
가슴이 저미고
얼굴이 보고 싶고
목소리가 듣고 싶고
손잡고 싶어서 몸부림치는데
이 그리움을 어찌 막을까

사랑하기에 갈피를 못 잡는
사무침이 한정 없이
그리움으로 피어나는데
이 그리움을 어찌 막을까

새싹

얼마나 위대한가
한겨울 엄동설한
눈보라 몰아치는
극한상황을 잘 견디고 넘기고
봄날 찬란하게
초록의 새 생명으로
흙을 뚫고 돋아나는
작은 새싹의 힘이
얼마나 위대한가

풀잎

이 세상 어디를 가든지
천연덕스럽게 모든 땅에서
씩씩하게 돋아나는 풀잎을 보라

물을 주지 않아도
거름을 주지 않아도
아무런 관심을 주지 않아도
스스로 돋아나 꽃 피우고
열매를 맺는 다양한 풀잎을 보라

아무 가치 없는 듯하고
별 볼 일 없는 듯한데
알고 보면 대단한 것이다

지구의 곳곳을 덮고 있는 것이
바로 풀잎이다
세상의 주인인 양 돋아나고
꽃 피우고 씨를 맺는 것이 바로 풀잎이다

달 1

한밤에
산 위에서
호수를 바라보니
달이 너무 외로워
호수에 빠져 있었다

달 2

한밤에
달을 볼 수 있음이
얼마나 좋은가

밤길을 걷다가도
마음이 안심이 되고
밤길을 걷다가도
문득 그리움이 찾아온다

나무는 1

나무는
날고 싶지 않을까
걷고 싶지 않을까

한겨울에도 옷을 다 벗고
오들오들 떨면서
제자리에 서서
누구를 기다리고 있을까

나무는
비가 와도
눈이 와도
바람이 아무리 불어도
왜 제자리에 꿋꿋하게 서 있을까

나무는 누구를 위하여
꽃을 피우고
열매를 맺는 것일까

온 우주에 살아 있는

생명보다 강한 힘이 있을까

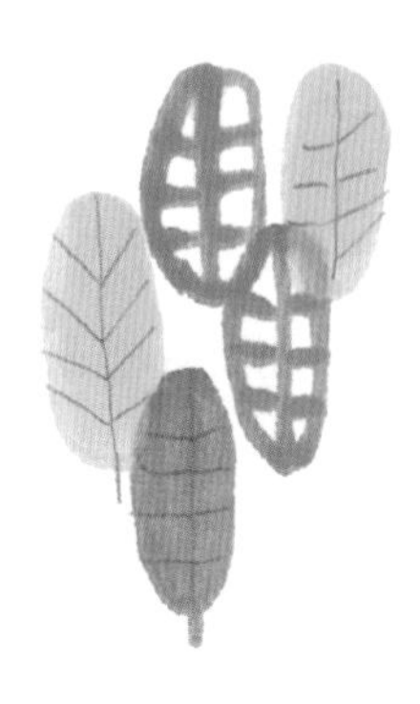

나무는 2

늘 제자리를 지키며
서 있는 풋풋한 나무는
말이 없다

비가 오거나
바람이 불면
숨겨놓았던 말을 쏟아낸다

비와 함께
바람과 함께
가슴에 맺힌 말을 쏟아놓는다

어떤 날
바람이 불면 나무는 운다
어떤 날
비가 내리면
나무도 눈물을 흘린다

나무 나이테

봄, 여름, 가을, 겨울
스쳐 가는
한 해, 한 해마다
나이테가 늘어갔습니다

내 속살 속에 새겨진
세월의 흔적인 나이테가
많아지면 많아질수록
나는 점점 더
커다란 거목이 되어갔습니다

사과나무

사과나무는
팔뚝의 힘이 센가 보다

봄에는
수많은 꽃들이 피어나고

가을에는
붉은 사과가 수없이 달려도
끄떡없이 잘 들고 서 있다

하늘

구름이 잔뜩 낀 날
하늘도
눈물에 젖더니
비가 내린다

하늘도
눈물 한 번 쏟더니
맑고 환한 얼굴로
세상을 바라보고 있다

이슬

이른 아침에
영롱한 빛을 담고
태어난 너는
생명을 살리는 힘이 있다

한순간 있다가
사라지는 너는
풀과 나무와 대지에 스며들어
생명이 태어나게 하는 힘이 있다

태풍

폭풍우가 몰아치고
성난 비바람이 몰려와
정신 사납고 혼쭐이 빠지도록
세상이 조각조각 난 줄 알았더니
비가 개자
언제 그랬냐는 듯이
다시 하늘도 멀쩡해졌다

조약돌

큰 바위가
흘러간 세월에
빗물에 바람에
얼마나 씻기고 닦였으면
작은 조약돌이 되었을까
신기하고 기찬 일이다

찔레꽃

한이 가득해
절규하듯 피어나
가슴에 찔림이 가득하다

바라보고 있으면
눈물이 가득해지고
외롭고 고독해
입안에 한숨이 터져 나온다

찔레꽃!
찔레꽃아!
너의 한을 어찌 풀거나
너의 아픔을 어찌 풀거나

연필

내 목숨을
깎아도 깎아도
좋은 시 한 편 써지면
무얼 더 원하겠습니까

내 목숨
남김없이 사라져도
감동할 만한 글귀 하나
쓸 수 있다면
나는 행복합니다

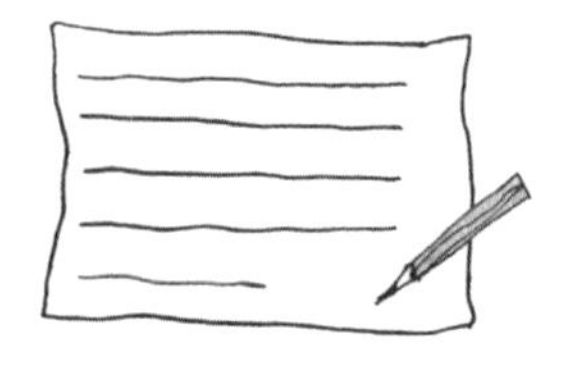

황홀

눈앞에 보이는 것과
가슴이 느끼는 것이
상상을 뛰어넘는다

삶 속에
아름다움의 극치를
가장 아름다운
풍경을 만들어놓는다

땅

죽은 듯 늘 말이 없어도
마음만은 넉넉하고
뚝심이 대단하다

쓰레기를 버리고 묻어도
아무 말 하지 않는다

비바람이 불어닥치고
눈보라가 몰아치고
폭우가 쏟아져도
빨아들일 것은 빨아들이고
흘려보낼 것은 흘려보내고
늘 제자리를 지킨다

생명이 돋아 싹이 트고 자라서
나무가 되면 하늘을 향하여
마음껏 자라게 한다

누구든 무엇이든 찾아오면

아무 말 없이 받아주는

넉넉하고 통 큰 마음을 가졌다

비가 내리는 날

비가 내리면
온 세상이 내 마음이
도시가 흠뻑 젖는다

한동안 빗줄기가
세차게 내리는 날에는
온 세상이 내 마음이
도시가 깨끗하게 목욕한다

비가 내리는 것이
기분 좋은 것은
맑게 갠 후에 찾아오는
상쾌한 공기 때문이다

풍선

내 몸이 비어 있을 때는
꼼짝달싹도 못 했는데
내 속이 꽉 차더니
몸이 하늘로 둥둥 뜨고 있다

아찔하도록
올라가고 있는데
어찌 된 일일까
정신이 하나도 없다

매인 줄도 없이 날아가면
다시 돌아올 수도 없는데
어찌 된 일일까

하늘에 날려 보낸
풍선을 만나본 사람은
누구일까

산길을 걷다가

산길을 걷다가
나무들을 만나면
기분이 참 좋다

힘들고 어려웠던 세월 속에서도
누가 뭐래도 아무 관심 없어도
하늘만 바라보며
꿋꿋하게 자랄 수 있음이
얼마나 대단한 일인가

산길을 걷다가
나무들과 이야기를
나눌 수 있음이 즐겁다

수많은 나무들이 한결같이
내가 하는 이야기를 들어주고
아무 말 없는데도
다 받아주고 있는 것 같다

지게

내가 도대체 무슨 죄를 지었기에
평생토록 무거운 짐만 지고
살아야 합니까

나무로 간단하게 만들어져
별 힘도 못 쓸 것 같은데
벅차도록 짐을 실어야 하는
이유는 무엇입니까

나도 빈 지게가 되면
마음이 홀가분하지만
왠지 짐을 싣지 않으면
허전하고 따분하고 심심한 걸 보면
짐을 지는 운명을 타고난 모양입니다

지게꾼이 짐을 지고
신명이 나서 다녀야
나도 좋은 걸 보면
나는 짐을 져야 할 팔자인가 봅니다

강 나룻배

흘러가는 강물 따라
흘러가고 싶어도 갈 수가 없네

날 반기며 찾아오는
사람이 있어
강을 건네주어야 하니
안타까움만 가득하네

나그네는 떠나가도
나는 떠날 수가 없네

내 늙어
찾는 사람이 없는 어느 날쯤에
나도 강물 따라 흘러가며
나그네가 되고 싶다

삶이란

도착이 아니라

머무는 것이 아니라

떠나는 것이다

3부

삶이란

인생

푸른 하늘
흰 구름 언제나
떠 있는 줄 알았더니
어느새 떠나버렸다

세월도
늘 내 곁에 있는 줄 알고
마음 놓았더니
어느새 흘러가 버렸다

세월

세월이 흘러가도
시간은 언제나 그대로일 뿐인데
왜 나 혼자서
이랬다저랬다 하면서 살아갈까

제대로 못 산 지난 세월이
다시 살아나 내 가슴을 치고
정신 차리라고 말할 것 같다

서둘러 바쁘게 정신없이 살아가면
어느 날인지는 잘 몰라도
지난 세월이 살아나
내 등덜미를 잡을 것 같다

터널

나는 삶이란
터널을 수없이 거쳐 왔다

삶의 모든 것이
하나의 터널이었다

그때그때마다
고통과 시련이 닥치고
절망이 수없이 닥쳐왔다

터널의 시작이 있으면
끝이 있을 것이라고 생각하고
늘 감당하며 이기며 살아왔다

삶이 익숙해질 무렵
황혼이 찾아올 무렵 나는 알았다

죽음이라는 최후의 터널이
그리 멀지 않게 기다리고 있었다

이 터널은
지금까지 지나온 터널과는 다르다
한번 들어가면 다시는
못 나올 터널이다

인생이 연극이라면

인생이 연극이라면
모두 다 각자 맡은 역할이 있다

살다가 그지없이 떠나는
일부러 무모하게 성급하게
악역을 자처하며 남을 괴롭히는
일을 저지르며 살 필요가 있을까

다시는 돌아올 수 없는 삶인데
독하게 거품 물고 큰소리쳐대며
코가 빠지게 살아야
결국에 남는 것은 무엇인가

삶 속에 주어진 시간을
찌꺼기같이 객기 부리며
헛되게 살아봐야 남는 것은
하무뿐이 아니던가

지고지순하게 살지는 못하더라도

자식들에게 당당한 부모가 되고
주변 사람들을 행복하게 해줄 수 있다면
바람직한 삶이 아닌가

내 인생이 연극이라 하여도
내 역할을 할 수 있다면 후회는 없다

삶

삶은 시간에
잠시도 걸려 있지 않는다
떠나고 떠나는 삶이다

시간은 아주 잠시도
머물러 있지 못한다
떠나고 떠나는 삶이다

떠나는데
무슨 욕심 욕망에 탐을 내며 살아가는
순간의 착각이 얼마나 어리석은가

한 줌의 재가 되고 말 텐데
누구를 미워하며
누구를 증오하며 살아가는가

서로를 위하고 함께하며
살아갈 시간도
너무 짧은 것 아닌가

삶이란 떠나는 것이다

삶이란
도착이 아니라
머무는 것이 아니라
떠나는 것이다

삶이란 무엇인가
애타는 마음으로
숱한 질문 속에
가슴에 숱한 울림을 만들고
저마다 다른 답을 만든다

삶이란
끝내 답을 깨닫지 못하고
떠나는 것이다

끝이 뻔한 삶
시간에 매달려 뻔하게 살다가
홀로 고독하게
떠나는 것이다

삶의 길

삶의 길을 횡단하며 모질고 거친
비바람을 만나고 심한 외로움도 겪고
절망의 고통도 거쳐갔다

무기력한 삶도 뼈아프게 몰아치는
격동과 시련을 한 차례씩 거치고 나면
그만큼씩 한층 더 성숙해졌다

누구에게도 비굴하지 않게
수렁 같던 고난의 시간을 이겨내면
마음은 더욱더 강해졌다

수없는 만남 속에 때로는 가슴 진한
정도 느끼고 배신의 상처와 비열도 맛보며
순수한 인간미를 알게 되었다

삶을 의미를 알게 되었을 때
이마에 주름이 생겨나고
늘어가는 나이에 맞게 황혼이 짙어갔다

빈틈 가득한 지나온 삶에
아쉬움은 있지만 별 미련은 없다
삶이란 누구나 한 번 왔다가
떠나는 것이 아닌가

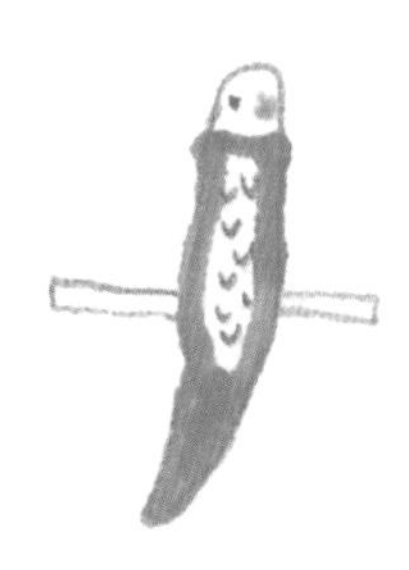

하루 같은 삶

하루하루는 만나는 시간과
헤어지는 시간이 겹치는 시간이라
하루하루마다 태어나는 생명이 있고
하루하루 세상을 떠나는 사람이 있다

바쁘게 종종걸음을 쳐보아도
천천히 여유작작하게 보여도
결국에는 모두 떠나는 삶이다

말하라! 무엇이 그리 대단한가
말하라! 무엇이 그리 위대한가
우리는 얼마나 많이 포장하고 위장하며
대단한 것들을 만들어내듯 살고 있는가

막막하게 살아가면서도
마치 거대하게 영원히 살 것처럼
얼마나 위선적으로 살아가는가

한 줌의 재로 남는 삶인데

서로 철천지원수처럼 물어뜯고 죽이려 하니
세상은 늘 고통과 절망의 연속일 뿐이다

하루 같은 삶 너무나 짧은데
서로 마음이 하나가 되어 생각을 같이하고
마음을 합하여나가면 아무것도 아닌데

반목하고 질시하고 미워하고 증오하니
뒤틀리고 얽히고설켜서
비참한 종말을 서로 만들어가며 산다

모두 다 떠나는 것을 알면서도
왜 쓸데없는 미련으로 비극을 만드는 것일까

삶이 끝날 때까지

삶이란 끝없는 길인 양 속아 살다가
삶이란 골목길도 다 돌아보지 못하고
기웃거리며 끝날 때까지 살다가
결국엔 떠나고 마는 여행이다

섭섭해하지 말자
약속해하지도 말자

우리는 떠나는 사람들
무엇 하나 내 것이 없는걸
주어진 것에 감사하며 살자

산다고 살면서 상처를 주고
상처를 받으며
상처를 만들며
상처를 키우며 살았다

나이가 들어가니까
여유가 생긴다

그럼, 그렇지, 그럴 수도 있지

나이 들어 외로운 것은
사랑하는 사람들이
자꾸 떠나는 것이다

떠돌이별

우주의 떠돌이별 지구에 살면서
천년만년 살 것처럼
권세에 눈이 어둡고
돈과 욕망에 눈이 어두워 살아서 뭐 할까

구름이 흘러가듯
세월이 흘러가듯
이마에 새겨진 주름살도
영영 사라질 시간이 오고야 마는데

헛된 욕망과 욕심에
삶을 더럽혀가며 온 세상 떠들썩하게
추태를 부리며 살다가
삶이 막을 내리면
얼마나 초라하고 불행한 일이겠는가

허망한 것들에 끌려 살지 말고
진실하고 참다운 삶을 살아가는 것이
얼마나 가치 있고 고귀한 삶인가

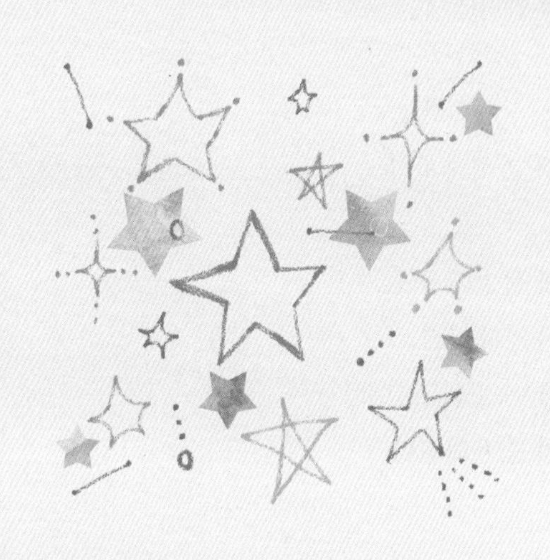

희망을 가지면

꿈이 활짝 열리고
마음이 활짝 열려
내일을 바라본다

즐거움이 가득하고
흥이 돋고 행복하다

매사에 신명이 돋고
마음이 강해지고
모든 것이 도와주고
기쁨이 충만해진다

희망

당신에게 희망을
누가 가져다줄 것인가

뜻밖에 행운이 찾아올 수도 있지만
헛된 우연을 너무 바라지 말고
불안한 요행을 바라지 마라

끊임없이 성실하게 살아가는 사람들은
결코 불행에 포위당하지 않고
행복과 희망을 만들어간다

당신이 이루어낸
꿈과 희망이
행복한 삶을 만들어주고
기쁨과 즐거움 넘치는
삶을 만들어줄 것이다

세상

뭐가 그리도 좋아
수많은 사람들이
살다가 떠나고
또 태어나 살다가 떠날까

생각하면 할수록
애잔하고 애틋한 삶이다

할 수만 있다면
단 하루만이라도
아름답게 살다가 떠나자

할 수만 있다면
단 하루만이라도
사랑하며 살다가 떠나자

허무 1

강물은 천년을 흘러내려도
늘 하루처럼
똑같이 흐르는 것만 같다

살아가야 할 삶은
남은 세월은
너무나 짧고
돌아가지 못할 세월은
자꾸만 길어져 간다

돌아보면 한순간만 같아
텅 빈 가슴에
허무만 가득하다

허무 2

늘 발목 잡혀 살면서
무엇을 잡으려
졸렬하게 욕망을 쫓아다녔는가
무엇을 가지려고
수치스럽게 욕심을 부렸는가

살다 보면 알고 보면
헛되고 부질없는 것을
왜 모르고 살았을까

이 세상에 내 것이 어디에 있고
영원한 것이 어디에 있는가

잠시 잠깐 왔다가 떠나는 것을
욕심내다 철장에 갇히고 비명횡사하니
이 얼마나 안타까운 일인가

살기 힘든 삶일지라도
욕심내어 살지 말고

주어진 삶에 늘 감사하며
함께 나누다 떠나면 마음이라도
한결 편하게 살 것 아닌가
미련하고 고달픈 인생아

떠나는 삶

그만해도 좋아
다 알고 있어
네가 무슨 생각을 하고 있는지
늘 떠나고 싶어 했잖아

연착도 없이
바람처럼 불어왔다가
마구 달려가는 삶
순간순간 참고 견디느라
많이 힘들었지

무슨 일이 없을까
별일 없을까
늘 걱정하며 염려하며 살았지

그리움이 자꾸만 생겨나는데
훌쩍 떠나면 어쩌지

떠나는 삶이야

떠난다면 보낼 수밖에 없을 거야
언젠가는 떠나야 하는 거야

삶을 산다는 것은

거칠고 허름한 삶을 허겁지겁
어르고 달랠 시간도 없이
허둥대며 바쁘게 살다 보니
훌쩍 세월이 흘러가 버렸다

오죽 답답하게 살아가면
뻐아프고, 간절하고, 가슴이 시려
세월의 난간에서 울컥 눈물이 쏟아졌다

목숨 걸고 사는데도 기다림에 지치도록
어깃장 놓는 외로움에
온몸에 한기를 느끼며 바들바들 떨었다

젊은 날 펄펄 끓던 심장도 식어가고
삶의 끝이 늘 곁에 있는데 왜 몰랐을까

눈이 뒤집혀 미쳐 날뛰며
툭하면 성깔 부리고 화내본들
얻는 것이 무엇일까

하늘이 무너질 듯 허무해서
한숨 쉬고 혼잣말을 수없이 내뱉어도
의미 없이 산다는 것은
결국 신세타령일 뿐이다

오발탄

삶이 빛나가 오발탄이 되면
행복을 원했던 삶은
원하는 대로 안 되고 어긋나기 시작해
가장 처참하게 비참하게
가장 불행하게 변하고 말 것이다

삶은 빗겨 나가거나 튕겨 나가거나
부러지거나 잘리거나
불발이 되는 악운도 없어야 한다

희망과 사랑과
행복의 과녁 중앙에 명중하는
가장 멋진 삶을 살아야 한다

슬픔

느닷없이 찾아온
불행으로
슬픔에 잠길 수 있지만
대부분의 슬픔은
스스로 만들어내는 것이다

까칠하고 게으르고
교만하고 우울한 삶이
불행을 만들고

온갖 이유로 끊임없이
마음을 흔들어
슬픔을 만들어낸다

일하지 않는 거지는
결코 행복할 수 없고
성실하게 일하는 농부가
푸른 하늘 아래
행복한 삶을 살아간다

돌아온다

잘못한 것은
후회로 돌아오고
잘한 것은
기쁨으로 돌아온다

빈둥거린 것은
가난으로 돌아오고
땀 흘려 심은 것은
거둠으로 돌아온다

상처 주고 빼앗은 것은
아픈 상처로 남고
나누고 베푼 것은
축복으로 돌아온다

넓은 마음

시냇물에는
고래가 살지 않는다

강물에도
고래가 살지 않는다

세상의 모든 물
깨끗한 물, 더러운 물 가리지 않고
어디서든지 흘러내려 온 물을
넉넉하고 넓은 마음으로
받아들이는 드넓은 바다에
큰 고래가 산다

아침에

어둠이 멀어져 가고
모든 것이 선명해지는 시간
또 하루가 시작되고
거리에 무수한 발자국이 찍히고 있다

태양이 빛날수록
꿈과 희망을 이루기 위하여
열정을 쏟으며
땀 흘리는 사람들이 도처에 많이 있다

모두들 하루하루를
내일을 위하여
살아가는 기쁨 속에서
세상은 더욱더 밝고 환해지고 있다

눈물

때로는 몇 방울의 눈물이
때로는 쏟아지는 눈물이
내 마음을 다 풀어놓는다

너무나 기뻐서
너무나 슬퍼서
너무나 좋아서
너무나 괴로워서
눈물은 때마다 다른 감정으로 흐른다

눈물은 내 마음을
우울하게도 만들고
내 마음을 정화해주기도 한다

눈물은 내 마음의 유리창을
맑게 보이도록 닦아주기도 한다

맨주먹

아무것도 없었다

오직 맨주먹으로 거칠고 힘든
세상과 맞부딪쳤다

절망스러울 때는
세상도 내 마음도 하늘도
구겨져 보여 힘들고 숨차고 괴로웠다

내일이 어떻게 될지 알 수가 없어도
끈질기게 참고 버티고 견디며
모진 목숨으로 살아왔다

나를 못살게 구는
어리석고 미련한 생각을 떨쳐버리고
아무것도 잃을 것이 없기에
맨주먹 맨손으로
하나씩 이겨내려고 애를 썼다

인내와 열정과 끈기가 모자라지
기회가 없는 것은 아니다

힘겹고 허망한 세상에서
앞이 안 보이는 절망과 고독을 이겨내며
실팍한 가슴으로 정말 열심히 살다 보니
기회도 행복도 웃음도 찾아왔다

나는 지금 행복하다

왜

왜 그렇게
피 터지게 싸우고 있습니까

단 한 번 살아가는 삶인데
이 얼마나 소중한 시간입니까

왜 그렇게 욕심내며 삽니까
왜 그렇게 미워합니까
왜 그렇게 성질냅니까
왜 그렇게 난리 치며 살아갑니까

단 한 번 살다 가는 삶인데
왜 후회할
삶을 살아갑니까

여행자

아무것도 묻지 마세요
내 과거를 던져버리려고
여행을 떠나는 중입니다

나의 과거와 내력을
묻지 마세요
나도 잊고 싶어
떠나는 여행입니다

나도 당신의 삶을 묻지 않습니다
나는 새롭게 찾으려고
떠나는 여행입니다
아무것도 묻지 마세요

절망을 이겨낼 수 있는

힘과 용기가 있다면

내일은 분명히 밝은 날이 찾아오고

오늘은 추억으로 남을 것입니다

4부

어둠 속에서

존경

오래만에 만났습니다
어쩌면 이럴 수 있을까요
세월이 그리도 많이 흘러갔는데
여전히 예전처럼 변함이 없네요

늘 같은 마음으로
겸손한 마음 때문에
당신을 존경합니다

앞으로도 당신을 바라보며
존경하는 마음으로
살아가겠습니다

성공하는 사람들은

성공하는 사람들은
생각하는 것이 남다르다
늘 새로운 것을 창의적으로 만든다

성공하는 사람들은
마음가짐이 다르다
늘 한 발자국 빠르게 움직인다

성공하는 사람들은
부를 갖고 있기보다 나누기를 원한다
욕심을 부리면 모든 것이 더욱더 작게 되지만
나누면 나눌수록 큰마음을 갖고 살아간다

성공하는 사람들은
도량이 넓고 크다
작고 좁은 마음에는
새로운 것이 들어갈 수 없다

홀로 갇혀 사는 것은

모든 것이 떠나고
홀로 남는 것은
나목처럼 고독하다

가까운 것도
기다릴 것도
찾아올 것도 없는
고독은 절망이다

홀로 만든 벽에 갇혀
고독의 잔등에 눌려
홀로 갇혀 사는 것은
사는 것이 아니다
절망일 뿐이다

절망 속에 남은 것인가
어울림을 찾을 것인가

뒤늦은 후회

이제야 후회한들
무슨 소용인가
이제야 한탄해본들
어찌할 것인가

지나고 보면
돌아보면 깨닫는다
모두 다 미련 없이
떠날 것 아닌가

우리가 꼭 모두 다 놓고
떠나야 한다면
미련 없이
아무런 안타까움 없이
홀가분한 마음으로 떠나자

한밤중

달빛이 무서워
나가질 못했다
내 잘못을 들킬까 봐

어둠 속에서
밝게 빛나는 달빛의
날카로운 눈빛이 심장에 꽂힐까 봐

흉흉한 소문에
사방이 두렵고 무서워서
짐승도 잠든 밤에 나가지 못했다

말

세 치 혓바닥으로
독하고 험악한 말을 쏟아내어
상처를 입히고 쓰러지게
만드는 것이 잘하는 일일까

내 것만 옳다 주장하고
용의주도하게 빠져나가며
지적질만 일삼는 것이 좋은 일일까

사람들에게 좋게 살아가면
서로가 좋은 것을
왜 피 터지게 싸우며 살아갈까

삶이 뻔하디뻔한데 뻔하지 않은 것처럼
알면서도 모른 척
서로의 욕심을 가득 채우려고
연극하며 살아가는 모습이 참 안타깝다

단 한 번도

단 한 번도
실수하지 않은 사람은 없다

단 한 번도
잘못하지 않은 사람은 없다

단 한 번도
어긋나지 않은 사람은 없다

이 모든 것을 알면서도
다시 돌아가 계속 반복하는 것은
아주 어리석은 일이다
용서되지 않는 일이다

바쁘다

생각이 바쁘고
행동이 바쁘고
쓸데없이 바쁘다

발걸음이 바쁘고
말도 바쁘고
일상이 바쁘다

지나고 보면 아무것도 아닌데
실속도 없이
할 일 없이 괜히 바쁘다

절망할 수 있는 것도

절망할 수 있는 것도
살아 있기에
도리어 희망을 가질 수 있습니다

풀 한 포기
나무 한 그루
돋아나는 싹이 있다면
절망하지 않아도 됩니다

세월이 흘러가면 언젠가
숲을 이루는 날이
우리에게 꼭 찾아올 것입니다

단 한 번의 이별도 없는
사랑이 어디에 있습니까
단 한 번의 시련과 역경이 없는
삶이 어디에 있습니까

절망을 이겨낼 수 있는

힘과 용기가 있다면
내일은 분명히 밝은 날이 찾아오고
오늘은 추억으로 남을 것입니다

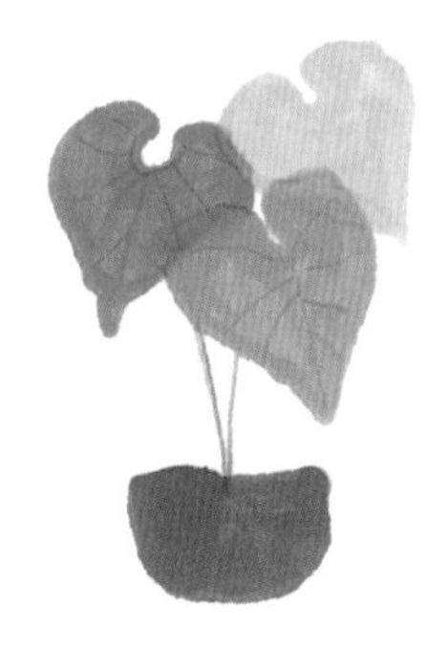

울릉도

고독할 때
한번 찾아가 볼까

나보다 더 외롭게
망망한 바다에 서 있는
너를 만나러
한번 가볼까

성황당

소리 없이 흘러가는 세월 속에
마을의 이야기와
사람들의 모진 한이 모여들어
우뚝 선 나무마저
을씨년스럽게 귀신이 되었다

말없이 뒤돌아보지 않는 시간 속에
마을 사람들의 전설과
숨죽이고 퍼져나가는
원한이 모여들어 쌓아놓은
돌무더기마저 귀신이 되어버렸다

짐꾼

세상에 태어나
궁색을 면하려고
짐꾼으로 살다가 떠나는 삶

살 떨리고 힘들어
시름이 가슴을 조여와 지친 몸
부아가 치밀어 올라와
쉴 곳 찾다가 머물지도 못한다

덧없는 세월에 눈물겨운 삶
첩첩이 쌓이는 피로에
힘조차 굳어가면
세상을 놓고 잊고 싶지만
돌이킬 수 없는 세월이 먼저 달아난다

외롭고 쓸쓸하게 살다가
짐을 벗는 날은
둥지 틀고 살던 이 세상에서
목숨이 다하는 날이다

죽음

어찌 알았을까
이리도 빨리 찾아오는 것을

어찌 몰랐을까
이리도 허무한 것을

어찌 깨달았을까

빈손으로 왔다가
빈손으로 가는 것을

민중의 힘

아무 소리 없이 사는 듯
보지 않고 사는 듯
듣지 않고 사는 듯
살아가는 것이 바로 민중이다

그러나 때가 되면 일어나
소리치고 외치며 달려 나와
역사를 바꾸어놓는다

민중은 쉽사리 분개하지 않고
참고 견디며 가슴으로 새기며
울분조차 삼키며 살아간다

그러나 때가 되면 일어나
모두가 한마음으로
역사를 바로 세웠다

민중의 힘은 살아 있다
민중의 힘은 역사를 만든다
민중의 힘은 내일을 만들어간다

누이야

어쩌냐 누이야
가을이 오고 들국화 피는데
어쩌냐 누이야

곧 겨울이 올 텐데
쪼들리게 가난한 살림에
진종일 고생하는 누이야
어쩌냐 누이야

비뚜름하고 모진 삶
주저앉아 한없이
통곡해도 소용없는데
잘도 견디며 사는구나 누이야

찬 바람 불고 눈보라 몰아칠 텐데
온몸이 몹시 추울 텐데
어쩌냐 누이야

누이야 희망을 잃지 마

모르면 몰라도

분명 좋은 날이 올 거야 누이야

고기잡이배

출항을 앞둔 고기잡이배는
초조하게 마음이 벌써
바다로 떠났다

주름진 어부의 얼굴에
웃음기가 가득 돌도록
만선의 기쁨을 주고 싶다

바다로 나가기를 바라는
고기잡이배는 항구에서
빨리 나가고 싶어 발을 동동 구른다

오랫동안 함께한 어부의 손에서
그물이 던져지고 잡아당겨질 때
한 배 가득히 고기를 잡게 해주고 싶은
마음이 배 안에 가득하다

고기잡이배와 늙은 어부
오랜 세월 함께하며

서로 말은 없지만
가슴 깊이 마음을 너무나 잘 안다

오늘도 배와 어부는 친구가 되어
만선으로 돌아오기 위하여
바다로 떠나고 있다

여우

아주 밉게 생긴
주둥이로
무슨 말을 해도
도무지 믿을 수가 없다

긴 꼬리를 살랑대도
알지 못할 알쏭달쏭한
네 마음을
전혀 믿을 수가 없다

술

왜 취하도록 마셨나

고독이 찾아와 외로웠다
기분이 좋았다
쓸쓸하다
고독하다

사람들이 술 먹는
이유도 변명도 많고 많다

한 잔의 술도
기분 좋게 마시고
낭만 있게 마시면
언제나 술맛도 좋을 것이다

막걸리 한 사발

막걸리 한 사발을
마시는 이유도
술꾼마다 다르다

막걸리 한 사발에
피로도 사라지고
불평도 사라진다는데
왜 넋두리는 남아 있을까

막걸리 한 사발에도
배부른데
왜 욕심을 내며 살까

사람들마다
삶의 방식이 다 다르다

장터

하안 머리카락에
지난 세월이 쌓여 있는
노파는 장터를 떠나지 않는다

오랜 세월
언제나 기대고 살아도 좋던
남편도 세상을 떠나가고
자식들도 제 살길 찾아 떠났지만
노파는 장터에서 장사를 한다

가족이란 그리움의 병이 깊어
계속해서 장터에 나와 장사를 한다

장터를 떠나면 도저히
홀로는 외로워 살 수가 없고
살아야 할 이유가 사라질 것 같다

노파는 돈보다 정이 그리워서
사람들 속에 있고 싶어서
장터를 떠나지 않는다

장터 할매

나는 장사하는 게 좋아

영감도 떠나고 집에 혼자 있으면
자꾸만 헛공상만 떠올라
장사를 하는 거야

장사하지 않고 집에 있으면
시간이 왜 그렇게 안 가는지 몰라
몸을 움직여야 건강하지
장사 않고 가만있으면 자꾸 아파

이렇게 나와 있어야
영감 생각도 덜 나고
몸도 편하고 마음도 편하고
밥맛도 좋고 건강도 좋아 돈도 벌잖아

나는 죽을 때까지
장사하며 살 거야
절대로 벌려고 하는 거 아냐

내가 살려고 편하려고 하는 거야

인생 뭐 있나
내가 하고 싶어 하는 장사 하다가
어느 날 훌쩍 떠나면
나는 행복하게 살다 가는 거야

장터에는 아는 사람도 있고
단골도 있고 먹을 것도 있고
사람 사는 맛이 나
나는 죽을 때까지 장사할 거야

산동네 무허가 집

산동네 무허가 낡은 집
노부부는 늙어만 가는데
아들은 제멋대로 살아간다

세상에 이름난 효자인데
부모 마음 제대로 헤아리지 못하고
저 하고 싶은 대로 살아간다

세상에 눈먼 것일까
모른 척하고 사는 것일까

산동네 꼭대기 오르내리기가
노부부가 얼마나 힘들고
고통스러운데도 공기 좋고
운동 되어 좋다고 말한다

부모를 잘 섬겨 효도상까지 받은 아들은
알고 보면 세상없는 불효자다

그리도 애지중지하던 큰아들에게 외면당하고
가슴이 미어지는 소리 한번 제대로 못 하고
황혼에 고독하던 노부부는 세상을 떠나
바다에 한 줌의 재로 던져졌다

오늘도 그늘진 산동네는
햇빛마저 외면하고 돌아선다
산동네 이름은 응골이다

우리 솔직하게 살자

우리 솔직하게 살자

남에게 유치하고 진부하고 나약하고
변변치 못하다 비난하고 조롱하고
지적하지만 말자

자신도 혼자 있을 때 생각해보라
이 세상에 빈틈 하나 없이
완벽한 사람이 어디에 있는가

사람은 누구나 똑같다
잘난 사람도 못난 사람도
뒤집어보면 다 똑같다

드러나지 않아서 그렇지
잘 보이지 않아서 그렇지
가려놓아서 그렇지
누구나 허점과 단점이 있고
누구나 나약한 점이 있기 마련이다

남을 비난하고 거꾸러뜨려야만
돋보인다고 착각하지 마라
남의 가슴에 칼을 꽂고 행복할 수 있는가

우리 솔직하게 살자
우리는 나약하고 부족하기에
채워가는 기쁨과 보람도 있지 않은가

인생 뭐 있나 거기서 거긴데
남을 비난하기보다 배려하고 함께
절망보다 희망을 줄 때
진정한 마음으로 살아가는 것이 아닐까

욕망의 노예

뻔히 재만 남는 것을 알면서도
불나방처럼
욕망의 불 속으로 뛰어든다

지독한 불안 속에
순간의 쾌감 찰나의 쾌감에
노예가 되어갈 때까지 가다가
죄악의 늪에 깊이 빠져
살아온 모든 것을 한순간에 날려 보낸다

사랑도 명예도 정도
한순간 헌신짝처럼 벗어던지고
아무 일도 없을 것처럼
욕망의 불길에 뛰어들다가
한순간에 무너져 내린다

욕망의 불길은 타오를수록
절망과 고통의 날갯짓일 뿐
욕망이 부르는 헛된 환청에서 벗어나야 한다

죄악의 수렁은 깊어지고

행복의 잔등을 후려쳐 무너지고

욕망을 재미로 느낄수록

모든 것이 한꺼번에 무너져

평생 쌓아온 공든 탑이

한순간에 무너져 내린다

택시 기사

말년에 부동산업자 꼬임에 넘어가
은퇴 준비로 상가 하나 샀다가
쫄딱 망했습니다

처음에는 7천만 원만 있으면
상가 하나 살 수 있고
월세도 매달 잘 나온다더니
돈이 몇 억이 더 들어갔습니다

있는 돈 다 털어 넣고
빚까지 얻어 넣고서도
상가는 빈 채로 남아
월세 한번 제대로 못 받고
3년을 벌어야 끝날 것 같습니다

남의 말에 홀랑 넘어가
괜한 욕심을 부려 똥탈이 났지요
그렇지만 즐겁게 일하고 삽니다

건강하니까 일할 수 있으니까
갚을 수 있으니까
그래도 살맛 나고 즐거운 일 아닙니까

동갑내기 사내

나는 집이 먹고살기가 어렵고 막막해
초등학교만 다니고
머슴 살려고 시골에서 대전으로 왔습니다

내가 장남인데 내 밑으로 연줄 달리듯
동생들이 여섯이라 입에 풀칠하기도 어려워
나라도 벌어야 되겠다는 생각에
무작정 도시로 살길을 찾아 떠났습니다

기술이 있나 친척 집이 있나
모르는 사람들뿐인 객지에서 천운인지 우연인지
떡집에서 온종일 온갖 일을 하면서 받은
코딱지만 한 월급을 집으로 보내고
울며불며 참고 견디며
먹을 것 하나 입을 것 하나
제대로 누려본 것이 없습니다

그때 생각 하면 지금도 입가에 쓴맛이 도는
힘들고 어려웠던 시절이라 끔찍하기도 한데

그래도 그런 날들이 있었기에
오늘이 있다는 것이 좋습니다

지금은 개인택시 몰고 다니니
팔자 핀 것 아닙니까
죽어라 일만 했어도 동생들이 형 대우 해주니
살아온 날이 헛되지는 않은 모양입니다

내 나이가 칠십이 다 돼가니
세월이 너무나 빨리 흘러가는 것 같습니다
이제 좀 사람 구실을 할 수 있는데
폭삭 늙어가니 참 하무하기도 합니다

그래도 요즘은 절망이 아니라
희망을 갖고 사니 세월 따라 발길 따라
마음 따라 사는 재미가 있습니다

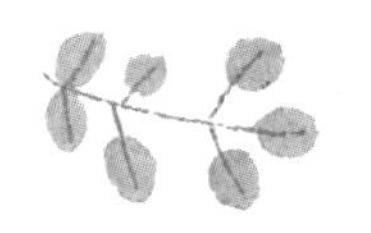